SantillanaCuadernos

Problemas 1

Sumas (de dos y de tres sumandos) y restas sin llevar con números hasta el 39.

El cuaderno Problemas 1 es una obra colectiva concebida, diseñada y creada en el departamento de Ediciones Educativas de Santillana Educación, S. L., dirigido por Antonio Brandi Fernández.

En su elaboración ha participado el siguiente equipo:

TEXTOS
Beatriz Coullaut Zafra
Laura Díez Martínez
Myriam García Galán
Irene Monescillo Núñez
Paula Rojo Cabrera

ILUSTRACIÓN
Goyo Rodríguez

EDICIÓN
Beatriz Bolaños López de Lerma, Arancha Méndez Pérez, Lola Núñez Madrid y Paula Rojo Cabrera

DIRECCIÓN DEL PROYECTO
Antonio Luis Alarcón y Lola Núñez Madrid

DIRECCIÓN Y COORDINACIÓN EDITORIAL DE PRIMARIA
Maite López-Sáez Rodríguez-Piñero

SANTILLANA

1. ¿Cuántos caramelos hay en total?

 y 

Resultado

2 + 2 = ☐

Hay ☐ caramelos en total.

---

2. ¿Cuántas manzanas hay en total?

 y 

Resultado

☐ + ☐ = ☐

Hay ☐ manzanas en total.

---

3. ¿Cuántas pelotas hay en total?

 y 

Resultado

☐ + ☐ = ☐

Hay ☐ pelotas en total.

---

4. ¿Cuántas flores hay en total?

 y 

Resultado

☐ + ☐ = ☐

Hay ☐ flores en total.

5 ¿Cuántos barquitos tienen entre los dos?

3  y 1 

Resultado

☐ + ☐ = ☐ →

Tienen ☐ barquitos entre los dos.

---

6 ¿Cuántas ceras tienen entre los dos?

5  y 3 

Resultado

☐ + ☐ = ☐ →

Tienen ☐ ceras entre los dos.

---

7 ¿Cuántos cromos tienen entre los dos?

4  y 2 

Resultado

☐ + ☐ = ☐ →

Entre los dos tienen ☐ cromos.

---

8 ¿Cuántos cuentos tienen entre los dos?

2  y 2 

Resultado

☐ + ☐ = ☐ →

Entre los dos tienen ☐ cuentos.

9 Observa y completa.

Javier tiene 3 globos y María tiene 2 globos.
¿Cuántos globos tienen entre los dos?

1. ¿Qué sabes?

Javier tiene ☐ globos.

María tiene ☐ globos.

2. ¿Qué te preguntan?

3. ¿Qué debes hacer para responder? ☒ sumar ☐ restar

3 + 2 = ☐

Tienen ☐ globos entre los dos.

10 Completa.

1 + 1 = 2

1 + 2 = ☐

1 + 3 = ☐

2 + 1 = ☐

2 + 2 = ☐

2 + 3 = ☐

11 Ana tiene 2 peonzas y Jaime tiene 3 peonzas. ¿Cuántas peonzas tienen entre los dos? Calcula y dibuja el resultado.

[ ] + [ ] = [ ]

Resultado

Entre los dos tienen [ ] peonzas.

12 Mi hermano tiene 5 dibujos y yo tengo 3 dibujos. ¿Cuántos dibujos tenemos entre los dos? Calcula y dibuja el resultado.

[ ] + [ ] = [ ]

Resultado

Entre los dos tenemos [ ] dibujos.

13 En un árbol hay 4 pájaros y en otro árbol hay 2. ¿Cuántos pájaros hay en total? Calcula y dibuja el resultado.

[ ] + [ ] = [ ]

Resultado

En total hay [ ] pájaros.

14 Mi tío Alberto se ha comido 3 trozos de tarta y mi tía Emilia otros 3.
¿Cuántos trozos se han comido entre los dos?

☐ + ☐ = ☐

Entre los dos se han comido ☐ trozos.

15 En un parque han trasplantado 4 árboles y en otro parque han trasplantado 5.
¿Cuántos árboles se han trasplantado en total?

☐ + ☐ = ☐

En total se han trasplantado ☐ árboles.

16 Desde la ventana de mi cuarto veo 5 estrellas y desde la ventana del salón veo 3.
¿Cuántas estrellas veo en total?

☐ + ☐ = ☐

En total veo ☐ estrellas.

17 Observa las macetas y resuelve.

geranios | hortensias | rosas

- ¿Cuántos geranios hay en total?

☐ + ☐ = ☐

Hay ☐ geranios en total.

- ¿Cuántas hortensias hay en total?

☐ + ☐ = ☐

Hay ☐ hortensias en total.

- ¿Cuántas rosas hay en total?

☐ + ☐ = ☐

Hay ☐ rosas en total.

18 Ana tiene 3 libros y Miguel tiene otros 6. ¿Cuántos libros tienen entre los dos?

Entre los dos tienen ☐ libros.

19 Papá se ha comido 7 fresas y mamá 2 fresas. ¿Cuántas fresas se han comido en total?

En total se han comido ☐ fresas.

20 En un jarrón hay 5 flores y en otro hay 4 flores. ¿Cuántas flores hay en total?

En total hay ☐ flores.

21 En un cesto hay 7 nueces y en otro 2. ¿Cuántas nueces hay en total?

En total hay ☐ nueces.

22 Míriam tiene 5 monedas y le dan 3 más.
¿Cuántas monedas tiene en total?

Tiene ☐ monedas en total.

---

23 ¿Cuántos bombones se comieron entre los dos?

Entre los dos se comieron ☐ bombones.

---

24 En la nevera hay 5 limones y en el frutero hay 1 limón.
¿Cuántos limones hay en total?

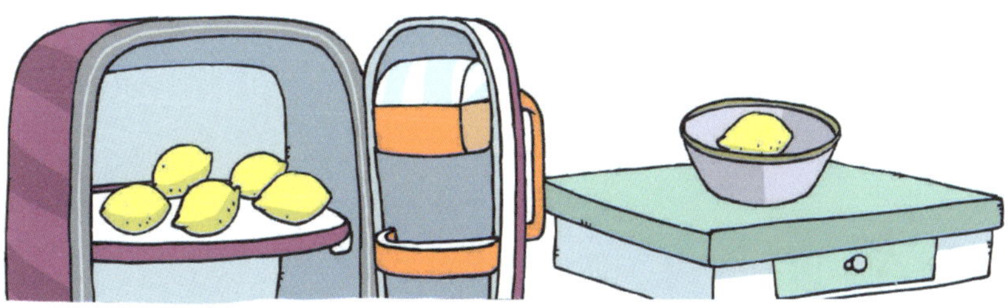

Hay ☐ limones en total.

25 Una gallina ha puesto 6 huevos y su compañera ha puesto 13. ¿Cuántos huevos han puesto entre las dos?

Entre las dos han puesto ___ huevos.

---

26 En un saco hay 11 mandarinas y en otro saco 5 mandarinas. ¿Cuántas mandarinas hay en total?

En total hay ___ mandarinas.

---

27 En una bolsa hay 12 piruletas y en otra bolsa hay 6 piruletas. ¿Cuántas piruletas hay en total?

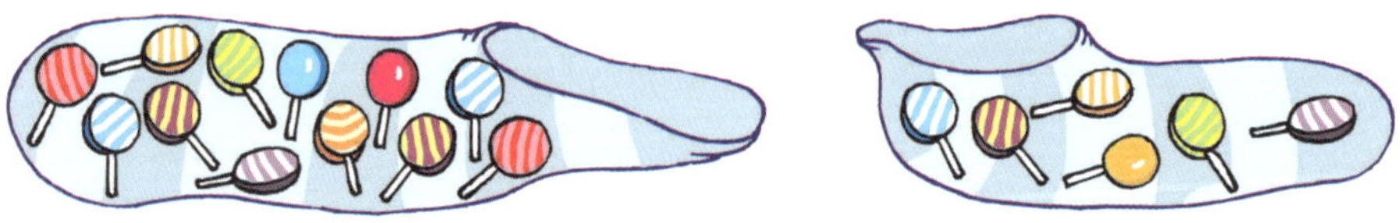

Hay ___ piruletas en total.

---

28 En una charca hay 9 patos nadando y tomando el sol hay 5 patos. ¿Cuántos patos hay en total?

En total hay ___ patos.

29 Alfredo lleva 5 vasos en su bandeja y Juan lleva 3 vasos en la suya. Dibuja los vasos que lleva Juan en su bandeja. Después, calcula cuántos vasos llevan entre los dos y dibújalos.

+

Entre los dos llevan ☐ vasos.

30 Simón tiene un manzano con 3 manzanas y Tomás tiene otro con 7 manzanas. Dibuja las manzanas del árbol de Tomás. Después, calcula cuántas manzanas hay entre los dos árboles y dibújalas.

+

Entre los dos árboles hay ☐ manzanas.

31 Dibuja y completa.

Había Se comen Quedan

Quedan peras.

32 Dibuja y completa.

Había Se lleva Quedan

Quedan pájaros.

33 Dibuja y completa.

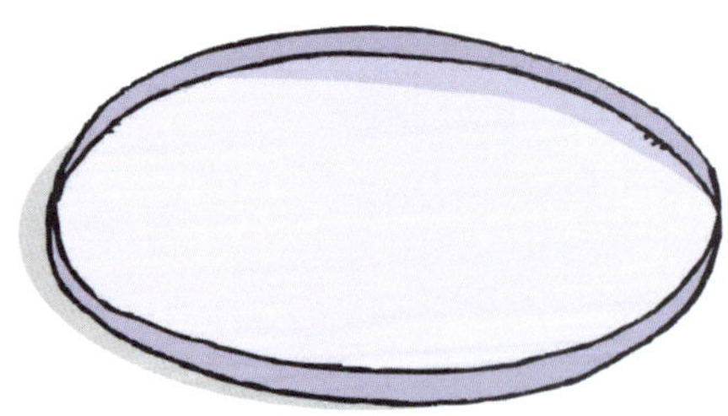

Había Se rompen Quedan

Quedan tazas.

34 Dibuja y completa.

Había ☐ Se rompen ☐ Quedan ☐

Quedan ☐ cuadros.

35 Dibuja y completa.

Había ☐ Se caen ☐ Quedan ☐

Quedan ☐ hojas.

36 Dibuja y completa.

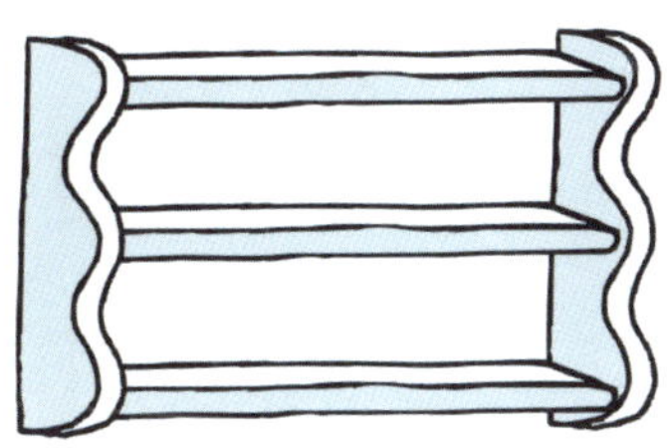

Había ☐ Se lleva ☐ Quedan ☐

Quedan ☐ gorras.

37 Observa y completa.

David tenía 5 lápices y ha perdido 2.
¿Cuántos lápices le quedan?

1. ¿Qué sabes?

David tenía ☐ lápices.

Ha perdido ☐ lápices.

2. ¿Qué te preguntan?

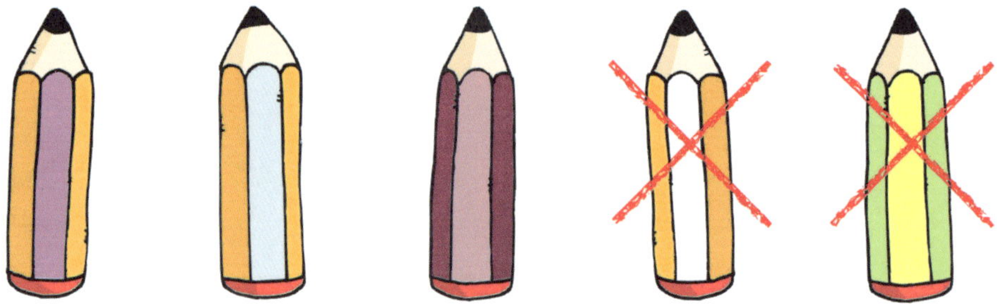

3. ¿Qué debes hacer para responder? ☐ sumar ☒ restar

5 – 2 = ☐

Le quedan ☐ lápices.

38 Completa.

4 – 2 = ☐

6 – 4 = ☐

7 – 2 = ☐

9 – 5 = ☐

8 – 5 = ☐

5 – 1 = ☐

39 Laura tenía 6 tortugas y se le han escapado 3.

¿Cuántas tortugas le quedan a Laura?

☐ – ☐ = ☐

A Laura le quedan ☐ tortugas.

40 En una rama había 7 pájaros y han volado 4.

¿Cuántos pájaros quedan posados en la rama?

☐ – ☐ = ☐

Quedan ☐ pájaros.

41 Eva tenía 7 melocotones y ha repartido 3.

¿Cuántos melocotones le quedan a Eva?

☐ – ☐ = ☐

A Eva le quedan ☐ melocotones.

42 Paula tiene 8 caramelos y su hermano le coge 3.

¿Cuántos caramelos le quedan a Paula?

☐ – ☐ = ☐

A Paula le quedan ☐ caramelos.

---

43 En la mesa hay 9 plátanos y entre todos nos comemos 4.

¿Cuántos plátanos quedan en la mesa?

☐ – ☐ = ☐

Quedan ☐ plátanos en la mesa.

---

44 En un árbol había 9 peras y se han caído 6. ¿Cuántas peras quedan en el árbol? Dibújalas.

☐ – ☐ = ☐

En el árbol quedan ☐ peras.

45 Observa y contesta las preguntas.

- Los abuelos de María compran 2 trenes.
  ¿Cuántos trenes quedan?

  □ – □ = □

  Quedan □ trenes.

- Esta mañana han vendido 5 muñecas.
  ¿Cuántas muñecas quedan?

  □ – □ = □

  Queda □ muñeca.

- Para el equipo de baloncesto Pedro ha comprado 6 pelotas. ¿Cuántas pelotas quedan?

  □ – □ = □

  Quedan □ pelotas.

46 Bruno tiene 18 monedas. Su hermano le coge 7. ¿Cuántas monedas tiene ahora Bruno?

Bruno tiene ☐ monedas.

47 La profesora tiene 17 lápices y reparte 10 entre los alumnos. ¿Cuántos lápices le quedan a la profesora?

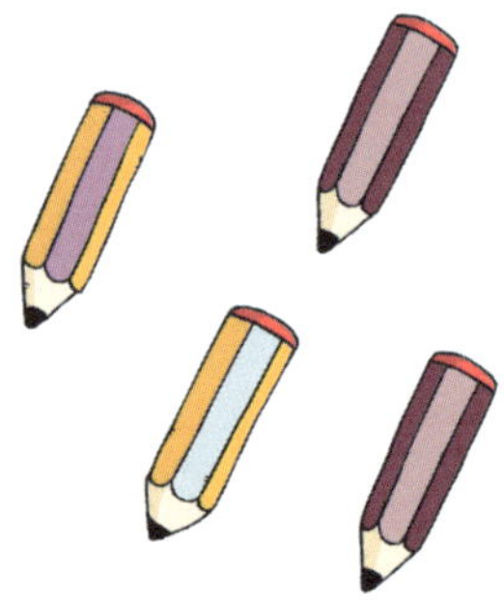

A la profesora le quedan ☐ lápices.

48 He puesto 16 tenedores en la mesa, pero he tenido que quitar 5 porque los invitados no podían venir. ¿Cuántos tenedores quedan en la mesa?

En la mesa quedan ☐ tenedores.

49 Elena ha llevado 12 uvas para el recreo y le da 6 a su amigo Julián. ¿Cuántas uvas le quedan a Elena?

A Elena le quedan ☐ uvas.

50 Marisa tenía 7 pelotas y se le han perdido 4. ¿Cuántas pelotas le quedan?

A Marisa le quedan ☐ pelotas.

51 En la mesa para la cena de Navidad había 8 velas encendidas y se apagaron 5. ¿Cuántas velas quedaron encendidas en la mesa?

En la mesa quedaron ☐ velas encendidas.

52 Gabriel me ha prestado 14 discos y he perdido 6. ¿Cuántos discos puedo devolverle a Gabriel?

Le puedo devolver ☐ discos.

53 En una jardinera había 16 flores. Se han caído 12. ¿Cuántas flores quedan?

En la jardinera quedan ☐ flores.

54 Una cocinera llevaba 22 platos, pero tropezó y al caerse se rompieron 11. ¿Cuántos platos quedan?

Quedan ☐ platos.

55 En el costurero de mi casa hay 33 botones. Nuestro vecino le pide 21 botones a mi madre. ¿Cuántos botones hay ahora en el costurero?

En el costurero hay ☐ botones.

56 La caja de palillos tiene 29 palillos. Coges 23 para hacer un trabajo de plástica. ¿Cuántos palillos quedan en la caja?

En la caja quedan ☐ palillos.

57 Un mecánico tiene que arreglar 8 coches. Ya ha arreglado 3. ¿Cuántos coches le quedan por arreglar?

Le quedan por arreglar ☐ coches.

58 Observa las estanterías de la biblioteca.

- Se han llevado 13 libros de aventuras. ¿Cuántos libros de aventuras quedan?

Quedan ☐ libros de aventuras.

- Para un trabajo de clase, Ernestina y Luis se han llevado 5 libros de animales. ¿Cuántos libros de animales quedan?

Quedan ☐ libros de animales.

- Para preparar una fiesta, un grupo de chicos y chicas se han llevado 12 libros de miedo. ¿Cuántos libros de miedo quedan?

Quedan ☐ libros de miedo.

59 Mi hermano tiene 24 cuentos y yo tengo 11. ¿Cuántos cuentos tenemos entre los dos?

Entre los dos tenemos ☐ cuentos.

60 Una vaca da 21 litros de leche y otra vaca da 12 litros. ¿Cuántos litros de leche dan entre las dos vacas?

Entre las dos vacas dan ☐ litros de leche.

61 Marisa y Pedro quedan para merendar. Marisa se ha comprado un perrito caliente con patatas y Pedro un helado. ¿Cuánto se han gastado entre los dos?

Entre los dos se han gastado ☐ euros.

62 Mi padre me regaló 12 cromos para mi colección y yo tenía 17 cromos. ¿Cuántos cromos tengo ahora?

Ahora tengo ☐ cromos.

63 En la primera planta de una empresa trabajan 13 personas y en la segunda 21. ¿Cuántas personas trabajan en las dos plantas?

En las dos plantas trabajan ☐ personas.

64 A Javi le han regalado 2 bolsas de canicas. ¿Cuántas canicas hay entre las dos bolsas?

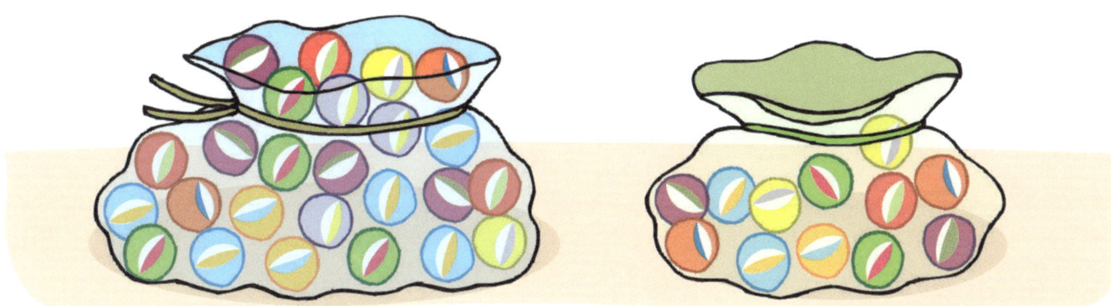

25

12

Entre las dos bolsas hay ☐ canicas.

65 En la banda hay 37 músicos. Al ensayo han llegado ya 25. ¿Cuántos músicos faltan por llegar?

Faltan por llegar ☐ músicos.

66 En un puesto de la feria había 19 molinillos. Elisa y Manuel compraron 9. ¿Cuántos molinillos quedan? Colorea y resuelve.

Quedan ☐ molinillos.

67 En el pueblo tenemos 32 ovejas. Ayer se perdieron 11. ¿Cuántas ovejas tenemos ahora? Colorea y resuelve.

Ahora tenemos ☐ ovejas.

68 A mi hermano y a mí nos han dado 25 regalos. 12 de ellos son para mi hermano. ¿Cuántos son para mí?

Para mí son ☐ regalos.

69 Lourdes y sus amigos se han comido 13 pasteles.
¿Cuántos pasteles quedan en la caja?

28 pasteles

En la caja quedan ☐ pasteles.

70 Sofía ha invitado a 35 personas a su fiesta. Han llegado ya 24. ¿Cuántas personas quedan por llegar?

Quedan por llegar ☐ personas.

71 En un saco de patatas había 37 patatas. Hoy han sacado 26. ¿Cuántas patatas hay en el saco?

En el saco hay ☐ patatas.

72 En el frigorífico había 18 botellas de refresco y nos hemos bebido 7. ¿Cuántas botellas quedan?

Operación: ☐ sumar ☐ restar

Respuesta:

Quedan

73 En una pecera había 27 peces y metieron 12 peces más. ¿Cuántos peces hay ahora?

Operación: ☐ sumar ☐ restar

Respuesta:

Ahora

74 Si vuelan 3 pájaros de este nido, ¿cuántos quedan?

Operación: ☐ sumar ☐ restar

Respuesta:

Quedan

75 Isabel tiene 14 bombones y Luis tiene 14 bombones. ¿Cuántos bombones tienen entre los dos?

Operación: ☐ sumar ☐ restar

Respuesta:

Tienen

76 Un día he leído 22 páginas de un libro y otro día 6 páginas. ¿Cuántas páginas he leído en total?

Operación: ☐ sumar ☐ restar

Respuesta:

He leído

77 Un rompecabezas tiene 39 fichas. Susana ha perdido 8. ¿Cuántas fichas le quedan?

Operación: ☐ sumar ☐ restar

Respuesta:

Le quedan

78 Un agricultor tenía 38 árboles. Una borrasca le ha hecho perder 24. ¿Cuántos árboles le quedan?

Operación: ☐ sumar ☐ restar

Respuesta:

Le quedan

79 Alejandro ha prestado 21 libros. Le han devuelto 11. ¿Cuántos libros le faltan por recuperar?

Operación: ☐ sumar ☐ restar

Respuesta:

Le faltan

80 Mi hermano tiene 5 cromos y yo tengo 3 cromos. Dibuja en el álbum los cromos que tenemos entre los dos. Luego, escribe el resultado.

Respuesta:

Hemos comprado

81 Mi abuelo le ha regalado a mi abuela un ramo de flores con 17 margaritas blancas y 22 margaritas amarillas. ¿Cuántas margaritas tiene el ramo?

Respuesta:

Tiene

82 En un CD tengo 29 canciones. Ya he escuchado 17. ¿Cuántas canciones me quedan por escuchar?

Respuesta:

Me quedan

83 Observa los cartones de leche que se consumen en el comedor escolar en dos días. ¿Cuántos cartones de leche se consumen entre los dos días?

DÍA 2

Respuesta:

Se consumen

---

84 Álvaro tiene 36 € para un billete de autobús a Gandía y Lola 22 €.

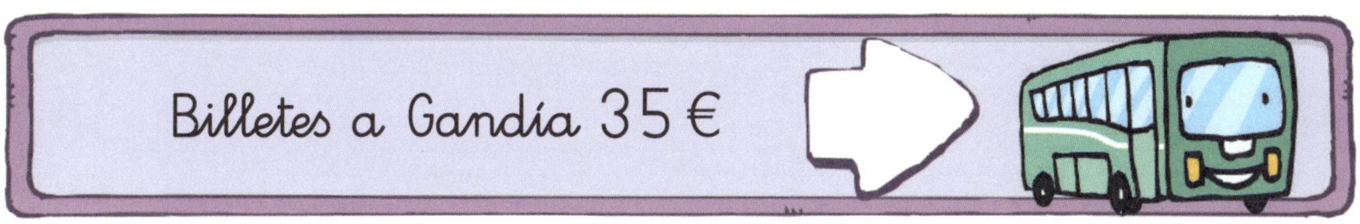

- Si Álvaro compra el billete, ¿cuánto le sobra?

Respuesta:

Le sobra

- ¿Cuánto le falta a Lola para comprarlo?

Respuesta:

Le faltan

Un poco más difícil

85 Observa cuántos puntos deben conseguir los niños para ganar cada premio.

14 puntos 21 puntos 4 puntos 33 puntos 11 puntos

- Ana ha ganado una muñeca y un oso de peluche. ¿Cuántos puntos ha conseguido?

  Respuesta:

- Julián tiene 23 puntos. ¿Cuántos puntos le faltan para conseguir el patinete?

  Respuesta:

- Si Julián pide un rompecabezas, ¿cuántos puntos le sobran?

  Respuesta:

- Concha ha conseguido 18 puntos. ¿Qué premios puede reclamar?

  Respuesta:

SOLUCIONARIO

1 2 + 2 = 4. Hay 4 caramelos en total.

2 4 + 3 = 7. Hay 7 manzanas en total.

3 5 + 3 = 8. Hay 8 pelotas en total.

4 4 + 4 = 8. Hay 8 flores en total.

5 3 + 1 = 4. Tienen 4 barquitos entre los dos.

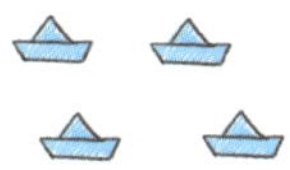

6 5 + 3 = 8. Tienen 8 ceras entre los dos.

7 4 + 2 = 6. Entre los dos tienen 6 cromos.

8 2 + 2 = 4. Entre los dos tienen 4 cuentos.

9 Javier tiene 3 globos.
María tiene 2 globos.
Hay que sumar.
3 + 2 = 5.
Tienen 5 globos entre los dos.

10

2	3	4
3	4	5

11 2 + 3 = 5. Entre los dos tienen 5 peonzas.

12 5 + 3 = 8. Entre los dos tenemos 8 dibujos.

13 4 + 2 = 6. En total hay 6 pájaros.

14 3 + 3 = 6. Entre los dos se han comido 6 trozos.

15 4 + 5 = 9. En total se han trasplantado 9 árboles.

16 5 + 3 = 8. En total veo 8 estrellas.

17 2 + 3 = 5. Hay 5 geranios en total.
2 + 1 = 3. Hay 3 hortensias en total.
2 + 2 = 4. Hay 4 rosas en total.

18 3 + 6 = 9. Entre los dos tienen 9 libros.

19 7 + 2 = 9. En total se han comido 9 fresas.

20 5 + 4 = 9. En total hay 9 flores.

21 7 + 2 = 9. En total hay 9 nueces.

22 5 + 3 = 8. Tiene 8 monedas en total.

23 5 + 4 = 9. Entre los dos se comieron 9 bombones.

24 5 + 1 = 6. Hay 6 limones en total.

25 6 + 13 = 19. Entre las dos han puesto 19 huevos.

26 11 + 5 = 16. En total hay 16 mandarinas.

27 12 + 6 = 18. Hay 18 piruletas en total.

28 9 + 5 = 14. En total hay 14 patos.

29 5 + 3 = 8. Entre los dos llevan 8 vasos.

30 3 + 7 = 10. Entre los dos árboles hay 10 manzanas.

31 Había 4. Se comen 2.
Quedan 2 peras.

32 Había 4. Se lleva 2.
Quedan 2 pájaros.

33 Había 7. Se rompen 4.
Quedan 3 tazas.

34 Había 5. Se rompen 2.
Quedan 3 cuadros.

35 Había 9. Se caen 5.
Quedan 4 hojas.

36 Había 3. Se lleva 1.
Quedan 2 gorras.

37 David tenía 5 lápices.
Ha perdido 2 lápices.
Hay que restar.
5 − 2 = 3. Le quedan 3 lápices.

38

2	2	5
4	3	4

39 6 − 3 = 3. A Laura le quedan 3 tortugas.

40 7 − 4 = 3. Quedan 3 pájaros.

41 7 − 3 = 4. A Eva le quedan 4 melocotones.

42 8 − 3 = 5. A Paula le quedan 5 caramelos.

43 9 − 4 = 5. Quedan 5 plátanos en la mesa.

44 9 − 6 = 3. En el árbol quedan 3 peras.

45 $5 - 2 = 3$. Quedan 3 trenes.
$6 - 5 = 1$. Queda 1 muñeca.
$9 - 6 = 3$. Quedan 3 pelotas.

46 $18 - 7 = 11$. Bruno tiene 11 monedas.

47 $17 - 10 = 7$. A la profesora le quedan 7 lápices.

48 $16 - 5 = 11$. En la mesa quedan 11 tenedores.

49 $12 - 6 = 6$. A Elena le quedan 6 uvas.

50 $7 - 4 = 3$. A Marisa le quedan 3 pelotas.

51 $8 - 5 = 3$. En la mesa quedaron 3 velas encendidas.

52 $14 - 6 = 8$. Le puedo devolver 8 discos.

53 $16 - 12 = 4$. En la jardinería quedan 4 flores.

54 $22 - 11 = 11$. Quedan 11 platos.

55 $33 - 21 = 12$. En el costurero quedan 12 botones.

56 $29 - 23 = 6$. En la caja quedan 6 palillos.

57 $8 - 3 = 5$. Le quedan por arreglar 5 coches.

58 $19 - 13 = 6$. Quedan 6 libros de aventuras.
$10 - 5 = 5$. Quedan 5 libros de animales.
$15 - 12 = 3$. Quedan 3 libros de miedo.

59 $24 + 11 = 35$. Entre los dos tenemos 35 cuentos.

60 $21 + 12 = 33$. Entre las dos vacas dan 33 litros de leche.

61 $9 + 6 = 15$. Entre los dos se han gastado 15 euros.

62 $12 + 17 = 29$. Ahora tengo 29 cromos.

63 $13 + 21 = 34$. Entre las dos plantas trabajan 34 personas.

64 $25 + 12 = 37$. Entre las dos bolsas hay 37 canicas.

65 $37 - 25 = 12$. Faltan por llegar 12 músicos.

66 $19 - 9 = 10$. Quedan 10 molinillos.

67 $32 - 11 = 21$. Ahora tenemos 21 ovejas.

68 $25 - 12 = 13$. Para mí son 13 regalos.

69 $28 - 13 = 15$. En la caja quedan 15 pasteles.

70 $35 - 24 = 11$. Quedan por llegar 11 personas.

71 $37 - 26 = 11$. En el saco hay 11 patatas.

72 $18 - 7 = 11$. Hay que restar. Quedan 11 botellas.

73 $27 + 12 = 39$. Hay que sumar. Ahora hay 39 peces.

74 $9 - 3 = 6$. Hay que restar. Quedan 6 pájaros.

75 $14 + 14 = 28$. Hay que sumar. Tienen 28 bombones.

76 $22 + 6 = 28$. Hay que sumar. He leído 28 páginas.

77 $39 - 8 = 31$. Hay que restar. Le quedan 31 fichas.

78 $38 - 24 = 14$. Hay que restar. Le quedan 14 árboles.

79 $21 - 11 = 10$. Hay que restar. Le faltan 10 libros.

80 $5 + 3 = 8$. Hemos comprado 8 cromos.

81 $17 + 22 = 39$. Tiene 39 margaritas.

82 $29 - 17 = 12$. Me quedan 12 canciones.

83 $16 + 12 = 28$. Se consumen 28 cartones de leche.

84 $36 - 35 = 1$. Le sobra 1 €.
$35 - 22 = 13$. Le faltan 13 €.

85 $21 + 14 = 35$. Ha ganado 35 puntos.
$33 - 23 = 10$. Le faltan 10 puntos.
$23 - 11 = 12$. Le sobran 12 puntos.
$14 + 4 = 18$. El oso de peluche y el balón.
$4 + 11 = 15$. El balón y el rompecabezas.